Amici BDSM

Serie Completa

Erika Sanders

Amici BDSM
Serie Completa
Erika Sanders
Serie
Dominazione e Sottomissione Erotiche

Sinossi

5

Erika propone di fare un ulteriore passo avanti nella sua relazione con il suo miglior amico maschio sexy e dominante...

Amici BDSM è un romanzo dal forte contenuto erotico BDSM e, a sua volta, un nuovo romanzo appartenente alla collana **Dominazione e Sottomissione Erotiche**, una serie di romanzi ad alto contenuto romantico ed erotico BDSM.

(Tutti i personaggi hanno almeno 18 anni)

Nota sull'autrice

Erika Sanders è una scrittrice di fama internazionale, tradotta in più di venti lingue, che firma i suoi scritti più erotici, lontani dalla sua prosa abituale, con il suo cognome da nubile.

Indice

Sinossi

    Nota sull'autrice

    Indice

    AMICI BDSM SERIE COMPLETA ERIKA SANDERS

    PARTE 1

    PARTE 2

    PARTE 3

    PARTE 4

    PARTE 5

    FINE

AMICI BDSM
SERIE COMPLETA
ERIKA SANDERS

PARTE 1

13

Era stato un giorno come tutti gli altri.

Solo che non lo era. Oggi è stato speciale. Oggi era il giorno in cui il mio migliore amico Richard sarebbe stato nel campus di New York City per sostenere uno degli esami finali della facoltà di legge. Proprio come ogni volta che veniva dalla mia parte del fiume Hudson, alla fine mi mandava un messaggio per cenare con lui. Dagli circa mezz'ora per finire il test e il suo invito apparirà sul mio telefono.

Mi passai le dita sulle cosce, lasciandole arrivare fino al bordo del mio cespuglio tagliato prima di ridiscendere. Solo una piccola presa in giro per riscaldarmi. Non ne avevo bisogno, non dopo tutte le battute e le prese in giro che mi ero fatto la scorsa settimana. La mia figa perdeva quasi costantemente ei miei capezzoli non erano morbidi da anni. Tuttavia, avevo bisogno di riscaldarmi il più possibile prima di partire stasera. Il mio piano era di essere così eccitato che la lussuria ha soffocato la mia paura del rifiuto quando ho finalmente tentato di uscire dalla zona degli amici.

Di solito non sono così sfigato. In realtà sono molto fiducioso e sfacciatamente civettuolo con chiunque altro nel mondo. Ma forse è solo la libertà dell'indifferenza. Non mi importa molto di quello che pensa di me ogni breve avventura, purché mi facciano divertire. Richard... beh, lui è diverso. Volevo molto di più di una semplice scopata veloce da lui. Volevo che provasse per me quello che provavo per lui. E, sebbene non mi abbia mai mostrato altro che positività e rispetto, non ha mai cercato di andare oltre il semplice essere amici. Ed è il tipo di uomo che agisce in base a ciò che vuole.

'Forse è per questo che non si è mai mosso con me', pensai tra me e me, guardando il mio corpo osceno. 'Sono più un ragazzo che una ragazza. Sono disordinato e mi gratto in pubblico. Mi vesto per comodità e odio truccarmi. Trascorro tutto il mio tempo libero in palestra, giocando ai videogiochi o facendo il porno. Queste sono le caratteristiche distintive della mascolinità, giusto? Oh sì, e sono stato amico della mia migliore amica. Le ragazze non dovrebbero essere mandate nella zona degli amici dai loro amici maschi, giusto? Sono abbastanza sicuro che dovrebbe essere il contrario.'

Non ho il corpo a clessidra più tipicamente femminile. A 5'11 ", ero un po 'più alto della maggior parte dei ragazzi con cui ero uscito senza successo. L'amore per il basket per tutta la vita e il sentirmi in forma avevano reso i miei muscoli leggermente più definiti di quanto la maggior parte delle donne si permettesse di ottenere. Forma perfetta per sedurre i propri compagni di squadra... ma ben lontano dalle bellezze delicate che Richard aveva frequentato nel corso degli anni.

Se le cose andavano male, non era esattamente come se avessi una cerchia sociale ben strutturata su cui ripiegare...

'Smettila! Smettila di essere così deprimente.' Questo era il motivo per cui alla fine avevo escogitato questo piano, per spegnere quella parte negativa di me stesso. Mi sono portata le mani al seno. Fanculo sentendomi poco femminile, le mie tette sono fottutamente fantastiche. La loro mole a coppa C mi riempiva completamente le mani di un peso piacevolmente femminile. Certo, le loro dimensioni a volte ostacolavano il mio stile di vita attivo, ma il piacere che mi davano più che compensato. Passare leggermente i palmi delle mani sui miei capezzoli mi fece rabbrividire e respirare più pesantemente. Ho cercato di mantenere le mie carezze morbide e stuzzicanti, ma in poco tempo mi sono ritrovato a spingere il petto in avanti ea stringere i capezzoli più forte che potevo sopportare. Quasi l'ora dell'evento principale.

Il mio disco rigido esterno probabilmente avrebbe dovuto essere inserito nell'elenco dei motivi per cui sono fondamentalmente un ragazzo. Non molte donne che ho incontrato hanno scaricato 226 giga di porno. Poi di nuovo, non è stata colpa mia. Quella era tutta opera di Richard, e mostrava esattamente perché la nostra amicizia non era mai stata quella che si potrebbe definire tipicamente platonica. Anche sette anni dopo, il ricordo di averlo incontrato e il nostro primo legame mi facevano ancora sorridere. Era così tipicamente Richard... sicuro di sé senza essere pieno di sé, fermo senza essere abrasivo, il suo magnetismo mi aveva attratto così facilmente.

Non ero molto bravo a fare amicizia al liceo. È stato difficile trovare un gruppo che mi accettasse. La cricca del giocatore non sembrava sapere come gestire qualcuno con il seno che voleva giocare a League of Legends con loro. Gli atleti maschi non avrebbero mai giocato a tutta velocità con o contro di me, anche se ero di taglia simile o più grande della maggior parte di loro. E, naturalmente, avrei preferito aprire una vena piuttosto che fare quello che serviva per adattarsi alle puttane di base della cultura femminile tradizionale delle scuole superiori.

Non che fossi una donna solitaria in alcun modo. Avevo amici, ma si sentivano più giocatori di ruolo di nicchia che connessioni personali. Ad esempio, Heather e io ci siamo grattati a vicenda la voglia di videogiochi, ma eravamo entrambi troppo introversi e goffi per avvicinarci molto. Facevo parte della squadra di basket femminile, ma avevo problemi a legare con le mie compagne di squadra 1 contro 1 senza la pretesa di allenarmi. Per farla breve, non mi sono mai sentito davvero accettato per essere più di una parte di me. Mi sono abituato molto alla mia azienda e ho sviluppato una personalità pungente e cinica che ha allontanato molte persone.

Fino a quando un giorno dell'ultimo anno mi è stato assegnato casualmente Richard come partner per un progetto di studi sociali su come i recenti cambiamenti tecnologici hanno influito su tradizioni, organizzazioni o industrie di lunga data.

Odiavo i progetti di gruppo. Tutti odiano i progetti di gruppo. Le uniche persone a cui piacciono sono estroversi senz'anima che sono destinati a lavorare in un dipartimento delle risorse umane da qualche parte. Certo, l'unica cosa peggiore di un progetto di gruppo è uno con qualcuno popolare. Soprattutto quando si tratta di un ragazzo popolare e sexy. Tutte le persone popolari con cui ero mai stato erano state incredibilmente compiaciute e condiscendenti. Aggiungete a ciò gli sguardi gelosi di tutte le altre ragazze e io ero seriamente infastidito.

Ci sono stati concessi gli ultimi minuti di lezione per conferire con i nostri partner.

Richard era molto popolare. Aveva la reputazione di essere a suo agio in quasi tutti i gruppi. Ed era anche molto sexy. Si vestiva leggermente meglio di quanto richiesto dal liceo ed era uno o due pollici più alto di me. Lo guardai attraversare la stanza fino alla mia scrivania, colpito da come i suoi corti capelli scuri sembravano delineare il suo viso solo per accentuare distintamente la linea della sua mascella. Faceva sembrare il suo sorriso molto genuino e caloroso, come se ti stesse invitando a unirti a uno scherzo che solo tu e lui conoscevate.

"Perché sembri così felice?" chiesi quando arrivò al mio posto. Come ho detto, personalità pungente.

"Stavo aspettando un'opportunità come questa! Questo progetto è perfetto." Ho rabbrividito, pensando che fosse una battuta davvero strana . Solo un altro ragazzo che cerca di entrare nei miei pantaloni.

"Scusa, ma dovrai fare di meglio."

" Oh andiamo, non dirmi che non hai cercato la scusa perfetta per fare un progetto scolastico sul porno." Ho fatto una doppia ripresa. '... Ok, questo è nuovo.'

"Ehm... cosa?" Il suo sorriso si fece leggermente malizioso, ma continuò con un tono del tutto serio.

"Per decenni, il porno è stato stereotipato. Ha seguito un copione consolidato di pochi o nessun preliminare, pompino e penetrazione hardcore in numerose posizioni improbabili e scomode fino a un colpo di denaro finale. Al giorno d'oggi, quel genere di cose ottiene pochissime visualizzazioni. La domanda è molto più in alto ora per rappresentazioni più realistiche del sesso, specialmente per i dilettanti che si concentrano sul piacere femminile. Prima, le persone compravano DVD con scene generiche su ciascuno. Ora, ci sono centinaia di subreddit dedicati a nodi specifici. Che cosa è cambiato? È semplicemente l'adattamento a Internet? È collegato all'espansione del pubblico e a un pubblico più diversificato? È perché ci sono più fornitori che cercano di trovare una nicchia competitiva? Deve esserci abbastanza materiale per un giornale lì dentro. Cosa ne pensi?"

La mia mascella era quasi sul pavimento. Era completamente serio. Si era appena avvicinato a me, non aveva battuto ciglio per la mia maleducazione, aveva iniziato a parlare intellettualmente di porno e sembrava legittimamente interessato a quello che avevo da dire. 'Amico ha le palle. Devo rispettarlo.'

"Sembra che tu ci abbia riflettuto molto," balbettai.

"Sì," confermò. "Sono interessato a ciò che muove le persone. E, adolescente adolescente quale sono, sembra che poco commuova le persone così profondamente come il sesso."

"È un tipo prolisso." L'aula si era svuotata e stava arrivando la classe successiva. Raccolsi in fretta i miei libri nella borsa. "Beh, forse non è la stessa cosa, ma scommetto che ci saranno più persone ambidestre a causa del porno."

"Davvero? Perché?"

"Beh, hai bisogno di una mano per far funzionare il mouse e una per masturbarti." Ho cercato di eguagliare il suo tono intellettuale, ma non ci sono riuscito del tutto e alla fine ho riso. Mi ha sorpreso, non avevo intenzione di dirlo. Avevo intenzione di borbottare qualcosa sul bisogno di andare in classe e correre via. E un'altra sorpresa, non era strano e stava ridendo con me.

"Forse hai ragione! Forse possiamo inserirlo nella sezione conclusiva 'non vedo l'ora'. Ascolta, devo arrivare a trig, ma ti manderò un messaggio stasera." E proprio all'improvviso come era arrivato, se n'era andato.

È così che io e Richard abbiamo iniziato a legare, grazie al porno. Come ho detto, non una normale amicizia platonica. Tutto in nome della ricerca educativa per il nostro progetto, ovviamente.

Ok, forse abbiamo continuato dopo la fine di quel progetto, su cui abbiamo ottenuto 100 tra l'altro. Mi mandava un link a qualcosa di caldo e io provavo a trovare qualcosa di più caldo, avanti e indietro cercando di superare l'altro per ore e ore. Non ci è voluto molto per capire davvero cosa ci faceva battere l'un l'altro.

Richard era un dominante. È riuscito a controllare le "sue" donne e a farle obbedire a lui. Lo so perché me l'ha detto proprio all'inizio. Gli ho chiesto cosa gli piacesse e mi ha letteralmente detto: "Sono un dominante. Mi eccito sentendomi in controllo e stando con qualcuno che accetta il mio controllo". Ok, forse l'ha formulato in modo un po' diverso... ma comunque. L'ha detto in modo così pratico, come se fosse la cosa più naturale del mondo.

A quel tempo, non ero minimamente viziosa. Tuttavia, i gusti di Richard non mi sembravano strani. Mi sentivo come se dovesse, dopotutto mi ha mostrato delle stronzate piuttosto sadiche , ma in realtà non è stato così. Non riuscivo a giudicarlo perché, per la prima volta nella mia vita, sentivo che qualcuno mi stava davvero accettando. Richard ha abbracciato la parte di me che voleva essere un nerd e sognare Mistborn . Ha incoraggiato la parte di me che voleva essere iper competitiva e demolire i nemici sul campo da basket e Summoner's Rift. Capiva la parte di me che a volte voleva essere lasciata sola. Mi ha fatto domande e mi ha fatto sentire come se potessi rispondere in modo veritiero - che voleva sinceramente la mia schietta onestà. Ha dato alla mia troia interiore un rifugio sicuro per uscire e non essere giudicato o sentirsi minacciato. E, forse la cosa più importante, ha capito che solo perché a volte sono una stronza totale non significa che lo odio davvero .

Lentamente, quasi impercettibilmente per me, ho iniziato ad essere eccitato dal BDSM. Mi sono ritrovato ad approfondire l'argomento, cercando di trovare nuovo materiale che lo eccitasse. Lui, a sua volta, mi ha nutrito con una dieta costante di perversione. Una dieta che è stata fatta su misura per attrarmi. Ad esempio, mi identifico come bisessuale, ma in realtà mi bagno solo per un tipo specifico di donna. Qualcuno che è molto forte e mi stupisce. È un po' difficile da descrivere, ma lo riconosco quando lo vedo, e anche lui. Mi sono innamorato quando mi ha mostrato Queensnake . Lei e tutte le sue modelle sono fottute dee della resistenza fisica, della disciplina mentale e della forza emotiva. I miei occhi erano a pochi centimetri dallo schermo e la guardavo prendere bracciata dopo bracciata e riuscire a rialzarsi ogni volta. Non credo di essere mai stato così bagnato prima in vita mia. L'ammiravo così tanto e volevo essere così forte.

Ma non è mai stato veramente sessuale tra di noi. Non abbiamo mai parlato di masturbarsi o voler scopare le modelle o scendere o altro. Dicevamo "fa caldo" o parlavamo di ciò che ci piaceva o non ci piaceva, ma in un modo decisamente non sexting. All'inizio è stato fantastico perché mi ha fatto sembrare tutto sicuro. Sono stato in grado di esprimere una parte tabù di me a qualcuno che non stava solo cercando di entrare nei miei pantaloni.

Ma poi ho capito che volevo entrare nei pantaloni di Richard. Poi ha smesso di essere così eccezionale. A quel punto ci eravamo laureati e frequentavamo diversi college a tre stati di distanza. La nostra relazione si è evoluta. Ci vedevamo solo online o durante le vacanze in visita a casa. La parte pornografica della nostra dinamica è rallentata drasticamente fino a fermarsi quando entrambi abbiamo iniziato a frequentarci. Beh, è uscito. Mi sono lanciato sul corpo più sexy di ogni festa.

Tuttavia, è stata una parte estremamente formativa della mia vita e tutta la nostra vecchia storia di conversazioni di messaggistica istantanea è stata salvata sul mio disco rigido esterno. Anni di link, download ed erotismo mi sono balenati davanti agli occhi mentre li caricavo sul mio laptop. Nel corso di molte serate piacevoli, avevo ordinato tutto in cartelle per Chat iconiche, Dee, Fantasie di sottomissione, Gay romantico, Amici per amanti (un mio piacere particolarmente colpevole), e dozzine di altre. A volte voglio qualcosa di casuale, a volte qualcosa di specifico. Al lavoro quel giorno, avevo passato un'imbarazzante quantità di tempo a sognare ad occhi aperti su un video preferito.

Le mie dita si sono tuffate nella mia figa mentre premo play su 'Amateur che fa un pompino al suo ragazzo (#14)'. La sua passione ed eccitazione lo hanno reso fuoco caldo mentre adorava il suo cazzo con la bocca. Il suo viso era un collage di emozioni contrastanti—eccitazione, gioia, concentrazione, piacere e amore—mentre i suoi occhi saettavano tra la faccia del suo amante e il suo cazzo. È come se sapesse che dovrebbe mantenere il contatto visivo mentre lo succhia, ma non può fare a meno di fissare il suo cazzo. Ed era un bel cazzo! Pensato e formosa, sembrava che avrebbe riempito meravigliosamente la mia fica.

Ho arricciato le dita dentro di me, strofinando il mio punto G mentre toccavo il mio clitoride e immaginavo di essere riempito dal cazzo nella sua bocca. Il mio cuore batteva a tempo con la sua testa ondeggiante, ogni battito mandava pulsazioni di desiderio attraverso di me, facendo pulsare la mia figa di lussuria. I miei muscoli si tesero e mi sfuggirono suoni involontari. Questo è esattamente il tipo di pompino sciatto che volevo fare a Richard! Sentendo il suo cazzo duro e palpitante nella mia bocca... le sue mani sulla mia testa che guidano il mio ritmo... Il piacere che gioca sul suo bel viso, sentendo i suoi addominali duri flettersi, le sue gambe tremolanti lungo i miei fianchi mentre lo succhierei... Gemetti per il piacere che mi scorreva dentro, immaginando che potesse sentire la mia voce sulla sua virilità. La mia figa irradiava calore come un fuoco, apparentemente immune a tutti i succhi bagnati che uscivano da me.

Qualcos'altro. Un altro filmato. Se fossi rimasto con questo fino alla fine, per vedere il suo sguardo di pura soddisfazione dopo aver ingoiato il suo carico, sarei venuto in pochi secondi e avevo bisogno di trattenermi. Prendere in giro e negare è uno dei giochi preferiti di Richard, e io non sono così bravo come alcuni blogger che seguo, ma c'era molto in gioco che mi ha impedito di cadere oltre il limite. Soddisfatto me è razionale. Il me razionale diventa nervoso e ha paura di correre rischi. Razionalmente io mi ero trattenuta dal confessare la sua attrazione per Richard per anni, e non aveva motivo di uscire stasera!

Ero così assorbito dall'edonismo masturbatorio che non ho visto il nuovo avviso di testo per un po' di tempo.

Richard: Ehi, sono nel tuo quartiere stasera. Vuoi cenare con me?

'Dev'essere l'unico sulla Terra che usa la punteggiatura corretta nei testi', ho pensato. La cronologia dei nostri messaggi di testo era una lunga serie di inglese perfettamente corretto da lui, stenografia di testo contrastante ed emoji da parte mia. Era questo! Tutto secondo i piani! Ok, non pensare, lascia che i tuoi ormoni parlino per te.

Erika: sì suona bene

Erika : c'è qualcosa di cui volevo parlare

Erika: non farmi dire la sua Niente

'Successo!' Mi aspettavo di sentirmi consumato dal rimpianto e di volerlo riprendere, ma non l'ho fatto. Un po' nervoso, ma eccitato. La mia clitoride, confusa su dove fosse svanito il suo piacere, pulsava di frustrazione. Ho sorriso e l'ho accarezzata dolcemente come un cucciolo. "Non preoccuparti, avrai un po' di azione abbastanza presto... spero." Suppongo sia difficile sentirsi troppo apprensivi con tutta questa lussuria che ti scorre nelle vene.

In un modo reale, cosa avevo da perdere? Richard era stato il mio migliore amico per sette lunghi anni, ma la nostra relazione non era stata quello che volevo per la maggior parte di loro. Non mi ero mai sentito veramente realizzato con nessuno dei miei partner ed ero stato quasi mortalmente geloso di tutte le sue amiche. Inoltre, razionalmente parlando, questo era il momento perfetto. Eravamo entrambi single e vivevamo vicini l'uno all'altro come due adulti che lavorano potevano ragionevolmente sperare.

Ok, forse era già stato "il momento perfetto" per diversi mesi mentre trascinavo i piedi... ma non era questo il punto!

Era successo qualcosa con la sua ultima ragazza. Sono stati insieme per oltre due anni, ma la loro rottura è stata brutta. Non abbiamo mai parlato dei suoi partner romantici, probabilmente perché sono diventata stronza le prime volte che si sono presentati.

Qualunque cosa fosse, era così brutto che ora stava cercando di reprimere il suo naturale lato vizioso dominante e stava cercando soddisfazione vanigliata in una sfilza di incontri su Tinder. Sembrava meno se stesso... meno sicuro di sé e sempre un po' stanco.

Più che la mia attrazione non corrisposta, volevo aiutarlo. Volevo essere quello che lo abbracciava completamente e lasciarlo essere il suo vero io, come aveva fatto per me. Dopo molti tentativi di farlo uscire da se stesso, mi ero finalmente reso conto che l'unico modo per farlo era dargli un nuovo sottomesso. E quello sarei stato io.

Va bene, bene, ero più che un po' nervoso per questo. Richard era naturalmente molto dominante, ma io non ero una sottomessa nata. Volevo esserlo per lui, ma non sapevo quanto bene avrei potuto esibirmi. "Andrà tutto bene," mi dissi per la centesima volta, "prima prendilo a bordo e poi preoccupati delle cose stravaganti."

Richard: Bene, ora hai la mia attenzione. Passerò da casa tua tra un'ora. Ti senti italiano?

'Un'ora!?!' Non è che abbia mai passato eoni davanti allo specchio, ma avevo seriamente bisogno di una doccia. L'acqua calda mi scorreva tra i capelli, sui capezzoli e tra le gambe... mmm... Qualcosa mi diceva che avrei avuto bisogno di un po' di tempo per pulirmi adeguatamente.

PARTE 2

25

Arrivò in completo, completo di cravatta, pantaloni perfettamente piegati e gemelli. Tutto questo solo per prendere una finale. Tipico. Non mi è chiaro nemmeno se possedesse un paio di jeans. Una sera d'estate a 85 gradi ed è vestito per impressionare e sembra ancora incredibilmente pulito, fresco e rilassato. Il sudore, a quanto pare, era il tipo di cosa che capitava ad altre persone. Io, invece, ero andato con jeans casual e una canotta. Una canotta piuttosto scollata che metteva meravigliosamente in risalto il mio petto. Mi ero dato un piccolo eyeliner, il che è decisamente stravagante per me, ma eravamo ancora una coppia dall'aspetto non corrispondente.

Era del tutto tipico per noi. Si è quasi mandato in bancarotta con la moda, mentre io probabilmente mi spezzerei le gambe se provassi a camminare con i tacchi. Anche se lo prendevo in giro per questo, dovevo ammettere che lo faceva sembrare dannatamente bello. Il modo in cui i vestiti dal taglio netto gli fasciavano i fianchi e mettevano in risalto la sua corporatura atletica... e quei pantaloni gli fasciavano il sedere proprio nel modo giusto...

Ci sono letteralmente migliaia di posti fantastici in cui mangiare a Brooklyn vicino alla casa di Richard. New York City, d'altra parte... non tanto. Ci sono molti vantaggi nel vivere dalla parte sbagliata di Manhattan. Come potersi permettere l'affitto e poter uscire di casa senza essere assaliti, per esempio. Il più grande è la vista. Le viste del centro di Manhattan da New York City sono le migliori viste della città sulla Terra. Sono stato molto felice per questo quando Richard e io ci siamo sistemati in un ristorante italiano vicino all'acqua perché ha distolto la sua attenzione da me mentre facevo fatica a ricompormi.

'Respira e basta', mi sono detto, 'È Richard, parli con lui online tutti i giorni.' Ma non aveva nemmeno controllato la mia scollatura.

Non mi aveva nemmeno guardato il culo mentre mi allacciavo la scarpa. Non mi ha riempito di fiducia.

"È incredibile", ha detto, guardando oltre l'acqua verso Battery Park e Wall Street, "Cattura la mia attenzione, non importa quante volte lo vedo".

"Sì."

Una piacevole brezza soffiava dall'acqua su di noi, allontanando il peggio del caldo estivo. Ondeggiava tra i capelli di Richard in un modo molto appariscente. Il calore è salito attraverso il mio corpo che non aveva nulla a che fare con la temperatura. Era così fottutamente sexy in giacca e cravatta... Dall'altra parte della strada rispetto al nostro tavolo, i turisti affollavano il sentiero lungo il fiume. Un gruppo con un selfie stick intralciava tutti gli altri e alcuni motociclisti tentavano invano di muoversi più velocemente di un gattonare. Entrambi abbiamo riso quando un ragazzino incauto ha perso un pretzel a causa di un gabbiano.

"Sai che sto morendo di suspense qui."

Sobbalzai, rendendomi conto che la sua attenzione si era spostata su di me. È ora di dirglielo. Ma all'improvviso, la foschia dell'eccitazione in cui avevo cercato di proteggermi svanì. Le farfalle mi svolazzavano nello stomaco e mi sentii arrossire. 'È Riccardo! Digli tutto il resto! Se fosse qualcun altro al mondo, flirteresti già con lui. Per amor del cazzo! Sei una donna adulta, metti insieme la tua merda.'

"Che cosa?" era tutto quello che sono riuscito a uscire. " Maledizione !"

"Hmm... vediamo se riesco a indovinare. Non hai finito il progetto ARA al lavoro, l'avresti festeggiato subito senza essere criptico al riguardo. Lo stesso vale per Tyler che alla fine è stato licenziato. Non hai avuto un rilancia o avresti comprato il vino più costoso del menu. Quel pezzo alla fine mi rende davvero curioso . 'Non farti dire che non è niente.' Cosa vuoi dire con questo?"

Richard è completamente schiavo della propria curiosità, quindi mi aspettavo una cosa del genere e avevo passato ore a capire come gestirla. Avevo provato un sacco di varianti per entrare con tatto nell'argomento. Li odiavo tutti. La sottigliezza non fa per me. Sospirai, strinsi i denti e sbottai:

"Voglio essere la tua ragazza." Non riesco a vedere la sorpresa sul viso di Richard molto spesso. È stato bello scambiare i nostri ruoli tipici in quel modo. Lascia che sia lui quello fuori equilibrio per una volta. l'avevo detto! Finalmente l'avevo detto! "Dio, volevo dirtelo da anni! Ma uscivi sempre con qualcuno o io ero troppo codardo o speravo che avresti fatto una mossa con me da solo ." Cercai di valutare la sua reazione ma non ci riuscii. La sua seria faccia da poker era accesa e mi metteva a disagio. "E... immagino di essere stanco di aspettare. E so che sei stato infelice con tutti quei rapporti con Tinder. Hai cercato di essere qualcuno che non sei da quando tu e Chloe vi siete lasciati. Ti voglio essere tutto te stesso con me. Quindi sì, eccolo... per favore, dì qualcosa."

Era quella paura sul suo volto? No... apprensione? Una voragine si aprì nel mio stomaco, minacciando di trascinarmi dentro. Ma no, c'era dell'altro. Desiderio? Desiderio? Stavo solo mostrando a me stesso le emozioni che volevo vedere? 'Per favore dì qualcosa!' Ho supplicato internamente, 'per favore!'

Alla fine lo ha fatto. "Wow, è molto da accettare." Parte del sudario si sollevò e lui offrì un sorriso incerto. "Puoi rilassarti. Ti desidero. Molto."

"Fate?" 'AHHHHH!'

"Sì, e mi dispiace se ti ho fatto sentire indesiderato.

Le sue parole e la sua espressione non corrispondevano. "Non sembri entusiasta."

Lui sospiro. "Sto pensando a quello che hai detto sul fatto che sono qualcosa che non sono. Suppongo che tu abbia ragione, ma mi piacerebbe sentirlo dal tuo punto di vista. Cosa te lo fa dire?"

"Sei sembrato giù di morale. Non tanto intorno a me, ma solo in generale. Non sembri così sicuro di te stesso e hai questi piccoli ritardi. È come se avessi una reazione normale alle cose che stai sopprimendo o ripensamento o qualcosa del genere. L'ho notato poco dopo la tua rottura e sembrava che tu non stessi migliorando". Ammettere la parte successiva è stato difficile, ma bisognava dirlo, "guarda, so di essere stata una stronza gelosa per tutte le tue amiche e mi dispiace di non averti mai chiesto di te e Chloe, ma so che lei era la tua prima relazione D/s a lungo termine davvero seria . Le cose sono finite male con lei e hai cercato di spegnere la parte dominante di te stesso. Ma non puoi. È solo quello che sei, ed è una parte di te che rende sei felice."

"E tu dici di non essere perspicace con le persone..." mormorò tra sé. Poi, più forte, "Quindi vuoi uscire con me per rimettermi insieme?"

Lo guardai attentamente dall'alto in basso, lasciando che i miei occhi indugiassero sulle sue labbra, sulla sua figura in forma e direttamente sul suo inguine. "Beh... non è solo questo il motivo." Non avevo mai provato a flirtare con lui e mi sentivo bene. Volevo allontanare la conversazione dalle aree negative e concentrarmi maggiormente su di noi insieme, ma non ha funzionato.

"E se ci fosse una buona ragione per cui tento di lasciarmi alle spalle lo scambio di potere? E se facessi del male a Chloe e decidessi che farmi eccitare dal dolore del mio amante è un po' una cazzata?"

'Oh dio, quanto fa male dentro?' Mi sentivo malissimo, rendendomi conto che la mia gelosia mi aveva impedito di essere di supporto. Volevo abbracciarlo, ma sapevo che non era il modo per raggiungerlo. Ha risposto meglio alla razionalità. "Stai insinuando che eri violento e dubito fortemente che sia vero. Sei una delle persone più enfatiche che conosca. Mi sbaglio?"

" No ... _

"Richard," lo interruppi, "abbiamo venticinque anni. Siamo giovani! A volte facciamo cose di cui ci pentiamo." Presi la sua mano dall'altra parte del tavolo e la strinsi per enfatizzare. "Non puoi continuare a punirti per sempre. Ti meriti di essere felice." La sua mano era ferma e potente nella mia. Mi è piaciuto tenerlo più di quanto mi aspettassi.

Entrambi abbassammo lo sguardo sulle nostre mani unite. Sembrava che piacesse anche a lui. Tuttavia, non era convinto. Mi sentivo come se mi stessi avvicinando...

Lo incalzai un po' più forte, "Senti, non sei felice ora. Non negarlo, sappiamo entrambi che è vero. Ragioni a parte, hai dato allo stile di vita vanigliato più delle sue giuste possibilità, e l'esperimento è fallito. Forse è ora di provare a tornare sulla bicicletta metaforica? Più vecchio e più saggio, sai ?" Trattenni il respiro mentre ci pensava. I secondi passavano, ma non sapevo cos'altro dire.

Lentamente, sorrise. Qualcosa in lui è cambiato, quasi impercettibilmente. Sembrava leggermente più grande nella mia visione e leggermente meno teso. Potrei dire che non era finita. Avrei ancora molto lavoro da fare per curare le sue cicatrici, ma sembrava disposto a darmi una possibilità.

"Hai ragione, non sono stato felice. Lo confesso, mi è mancato." Mi lanciò uno sguardo da lupo, affamato di desiderio, "Forse è egoista da parte mia, ma mi sento come se volessi che tu mi convincessi. Forse soprattutto perché sei tu..." L'inconfondibile lussuria nei suoi occhi mi ha assolutamente elettrizzato. Soprattutto perché sono io? Possibile che anche lui avesse fantasticato su di me? Il mio respiro accelerò e il mio stesso desiderio si riaccese. Ha iniziato a sembrare reale. stavo per prenderlo! Strinsi la sua mano più forte, possessivamente. 'Mio!'

"Ma comunque," continuò Richard, "voglio assicurarmi che tu capisca in cosa ti stai cacciando. C'è una grande differenza tra essere la mia ragazza ed essere il mio sottomesso."

"Va bene, voglio essere..." Mi zittì con gli occhi. Fino ad oggi, non ho idea di come lo faccia. Nulla cambia fisicamente in loro, ma in qualche modo funziona ogni volta. Era la prima volta che sentivo veramente il suo dominio diretto su di me. L'avevo già sentito prima, l'avevo visto costantemente in mostra in diverse tonalità, ma non mi aveva mai davvero colpito in quel modo. Ha avuto un effetto immediato. Le parole mi morirono in bocca e rabbrividii. Premetti le gambe l'una contro l'altra, sentendo il calore dentro di me intensificarsi.

"Questo è importante. Se vuoi davvero che io sia me stesso pieno e sfrenato, allora non stiamo parlando solo di un po' di sesso eccentrico un paio di volte alla settimana. Stiamo parlando di te che ti consegni a me. Fisicamente, mentalmente ed emotivamente, mirerò a possedere la totalità di ciò che ti rende , Erika. Sarebbe molto diverso dall'amicizia che abbiamo avuto per tutta la nostra vita adulta. Sei sicuro che sia quello che vuoi?"

Ho incontrato il suo tono serio senza batter ciglio. "Sì. Voglio provare. Ci sarà una curva di apprendimento, ma io voglio questo."

"So che lo fai. Hai la tua mentalità e sei determinato a farcela. Sarà piuttosto divertente giocare con quella tua vena testarda." Mi stava esaminando , molto più apertamente sessualmente di quanto avesse mai fatto in tutta la nostra relazione. Mostrandomi deliberatamente la sua attenzione sui miei seni, sulle mie labbra, sul mio collo. Strinsi le gambe più forte, godendo della sua attenzione. Mentre fissava apertamente la mia scollatura, i miei capezzoli si indurirono, come se volessero anche il suo riconoscimento.

«Tuttavia» continuò Richard «non mi sentirò bene a meno che non faccia del mio meglio per darti quanta più comprensione possibile prima di cambiare le cose tra di noi. lato." Rifletté, poi tirò fuori il telefono e fece scorrere i suoi contatti. "C'è una mia amica che vive abbastanza vicino che vorrei invitare a unirsi a noi. Può dirti tutto ciò che vorrebbe che qualcuno le avesse detto prima che si tuffasse nella sottomissione."

Ho pensato di respingere. Ero già dannatamente sicuro di quello che volevo. Tutto quello che volevo fare era finire velocemente la cena, correre a casa e spogliarlo di quel vestito. Ma stava cercando di fare ciò che riteneva giusto e si sarebbe sentito meglio sapendo di averlo fatto. Così mi sono rassegnato ad aspettare ancora un po'. "Se è davvero importante per te, va bene."

"Pensalo come consenso informato. Inoltre, ti piacerà. È proprio il tuo tipo." Fece una pausa, riflettendo, prima di continuare, "e ci sono alcune informazioni di base che probabilmente dovresti sapere prima".

'Un po'' non lo copriva esattamente. Si scopre che c'erano un sacco di cose che Richard non mi aveva mai detto mentre mi proteggeva dall'invidia della ragazza. Lui e Chloe avevano incontrato alcune coppie che la pensavano allo stesso modo su Fetlife e si sono incontrati ogni poche settimane. Era succinto sui dettagli, ma sembrava che i loro incontri fossero molto sessuali in un modo non del tutto monogamo. Uno sguardo malinconico giocava sui suoi lineamenti mentre descriveva la dinamica aperta tra loro, come si aiutavano e si sostenevano a vicenda e come era bello essere apertamente perversi con persone che capivano. Apparentemente, si era allontanato da loro dopo la rottura. Questa sua amica, Cathy, faceva parte di quel gruppo con la sua amante, e abitava a pochi passi di distanza. Mondo piccolo.

PARTE 3

35

Cathy è apparsa al nostro tavolo proprio mentre stavamo pagando il conto. Dico "apparso" perché sembrava davvero che si fosse materializzata dal nulla. Un secondo prima Richard stava facendo dei conti con le mance, e un attimo dopo c'era una donna piccola e pallida che lo abbracciava. Ho dedotto che non si vedevano da un po' di tempo dalle sue accuse secondo cui Richard faceva schifo a restare in contatto ed era un coglione per averle scatenato una riunione nel cuore della notte.

Proprio come aveva detto Richard, mi piaceva il suo aspetto. Era piccola, una testa più bassa di me, ma di corporatura atletica con mani dall'aspetto robusto e gambe da escursionista. Indossava una maglietta con la stampa di un bar locale e jeans strappati alle ginocchia per farne dei pantaloncini. I suoi seni sembravano meravigliosi, sodi e abbastanza pieni da essere divertenti ma abbastanza compatti da non darle fastidio durante la corsa. I capelli rossi tagliati corti le incorniciavano il viso, inclinati da un lato per mostrare i piercing orbitali e ad elica in un orecchio. Era concentrata nel guardarmi contemporaneamente mentre la accoglievo. I nostri occhi si incontrarono e la scintilla di attrazione tra di noi avrebbe fatto squillare il mio gaydar anche se Richard non avesse menzionato la sua amante. Il mio tipo davvero. Mi sono seduto più dritto e ho fatto finta di sporgere il petto.

Le piaceva quello che vedeva. "Chi è il tuo simpatico amico?" Lei chiese. Quando ha sentito il mio nome, Cathy ha sussultato: "Sei quello di cui parla sempre! È fantastico conoscerti finalmente, sono davvero felice che questo idiota abbia finalmente superato se stesso e ti abbia portato nel nostro mondo".

"Parla sempre di me?" L'ho archiviato per dopo.

"In effetti," ho fatto notare, "non ha fatto niente. Gli ho chiesto di uscire e continua a trascinare i piedi per questo."

Cathy rivolse a Richard uno sguardo incredulo. "TI è stato chiesto di uscire da una ragazza?"

Rise: "È davvero così difficile credere che qualcuno possa trovarmi attraente?"

"È difficile credere che tu abbia bisogno di qualcun altro per prendere l'iniziativa."

Mi unii alla risata di Richard, felice che qualcun altro apprezzasse la mia lotta. "Non attaccarti anche a me!" ha scherzosamente alzato le mani. "Comunque, prima che ci occupiamo troppo, probabilmente dovremmo restituirgli il tavolo. Siete entrambi interessati al gelato? C'è un buon posto qui vicino."

Abbiamo finito per sgranocchiare una cremosa meraviglia di zucchero freddo in un parco vicino a casa mia. Avevamo portato Cathy più al passo con i tempi e ho scoperto che mi piaceva. Il modo in cui ha incrociato il calore frizzante con l'irriverente immediatezza ha reso molto facile entrare in contatto con lei. Aveva molto da condividere sul "nostro mondo", come diceva lei.

Alcune delle sue osservazioni erano piccoli aneddoti divertenti. Come, ad esempio, come si è trovata a mescolare polsini e gonne nelle sue analogie e aveva bisogno di guardarsi al lavoro. O come il motivo più frequente per interrompere una scena di bondage fosse usare il bagno.

Altri erano più grandi e più astratti. Tutto nella vita di Cathy sembrava sovralimentato. Gli alti erano più alti, i bassi erano più bassi e raramente si sentiva neutrale. La sua padrona aveva il controllo dell'orgasmo, quindi Cathy era perennemente arrapata. Tutto ciò che faceva sembrava in qualche modo sessuale, dal vestirsi la mattina all'ordinare Starbucks per incontrare uno sconosciuto e controllarlo di riflesso. A volte, qualcosa di semplice come fare un respiro profondo in una limpida giornata di sole potrebbe farla sentire incredibilmente VIVA in un modo tutto maiuscolo . Lungi dallo spaventarmi, o qualunque cosa Richard si fosse aspettato, mi rese più interessato. I miei esperimenti in quel dipartimento mi hanno dato un'idea di ciò che stava cercando di dire, e mi piaceva l'idea di aggiungere un po' di pepe alla mia vita quotidiana. Ha dato la colpa a Richard, che ha chiamato "Il mago", per aver introdotto la sua padrona a stuzzicare e negare.

Lo sguardo sul suo viso mi ha fatto chiedere: "Perché sei 'Il Mago'?"

Mi ignorò e guardò accigliato Cathy, "Speravo che avessi dimenticato quel dannato soprannome. Perché non le parli del tuo, Firefly?" Per qualche ragione, nonostante tutte le cose sessuali personali che aveva già sfacciatamente condiviso, questo fece arrossire le guance di Cathy.

"I suoi sono facili, i suoi capelli sono davvero infuocati", ho sottolineato.

"Sì, Firefly perché sono una rossa", disse Cathy rapidamente, "Comunque torniamo a Wiz..."

"Catti." Richard tagliò dolcemente le sue parole come un coltello. Né più forte né più piano, ma con un'autorità inconfondibile che mi fece rabbrividire e Cathy sobbalzò come se fosse stata beccata al telefono al lavoro.

"Bene!" Ha confessato: "Ho ottenuto il mio soprannome nel nostro piccolo gruppo perché, quando Mistress Sam mi sculaccia, il mio culo bianco pallido si illumina come una lucciola". Abbiamo riso tutti. Mi ha fatto riflettere, però. Abbastanza persone avevano visto questo fenomeno per essere nel soprannome?

"Quante persone ti hanno visto sculacciato?"

"Tutti nel gruppo meetup e alcuni altri nostri amici." Lei arrossì più profondamente, facendola illuminare in un modo molto carino.

"Non è neanche lontanamente la merda più pesante che sia accaduta per una folla."

"Qual è la merda più pesante che è successa in questo gruppo?" Mi sono chiesto, ma ho deciso di tenere quella domanda per un'altra volta. Richard aveva deviato e non potevo semplicemente lasciarlo scappare concentrando nuovamente l'attenzione lontano da se stesso.

"Torniamo a te ora. Perché sei il Mago?"

«È perché può fare magie...» cominciò Cathy

"Non so fare magie," disse Richard alzando gli occhi al cielo.

"—Anche se lui lo nega," insistette lei nonostante la sua interruzione. "Fortunatamente, non hai bisogno di credere alla mia parola o alla sua! Puoi guardare alcune prove e decidere da solo." Tirò fuori il telefono.

"Non dirmi che hai salvato quel video e lo porti sempre con te ovunque tu vada." Richard gemette.

" Certo che lo so! Hai idea di quanto sia eccitante per noi sottomarini?" Mi ha passato il telefono, "hai delle cuffie con te? Ecco, usa le mie. Seriamente, Richard, è una buona cosa per lei vedere se vuoi dare un'idea di quanto intenso può essere lo scambio di potere."

Sospirò ma annuì: "Va bene, ma tieni presente che è la fine estrema. Dovrebbe servire da avvertimento."

Li guardai, cercando di decidere quanto fossero seri. "È un sacco di accumulo. Scusami se sono scettico che qualcosa possa essere all'altezza." Richard sorrise consapevolmente, come per ricordarmi che aveva passato anni a scambiare porno con me e sapeva dannatamente bene cosa sarebbe stato all'altezza delle mie aspettative.

Cuffie inserite, premo play.

Immediatamente, sono stato assalito dal sesso grafico. La telecamera si è concentrata su una bella donna sdraiata sulla schiena su un tavolo rialzato con gli occhi chiusi, le braccia lungo i fianchi e le gambe divaricate. In particolare, si è concentrato sulla sua figa, che era chiaramente molto calda. Rivoli di umidità risalivano dalle sue viscere fino al sedere e i suoi muscoli pelvici ebbero uno spasmo. Una figura oscura accovacciata vicino alla sua testa, che sembra sussurrarle nelle orecchie. Di tanto in tanto, la accarezzava. Il suo viso, il suo collo, i suoi capelli, i suoi tocchi erano gentili e sembravano trasmettere calore e affetto... e amore.

Mi sono spostato a disagio. Era chiaramente Chloe sul tavolo e Richard sopra di lei. "Non essere geloso, adesso è tuo, presto quelle dita ti accarezzeranno."

Non è mai andato sotto le sue clavicole, ma il suo corpo ha risposto come se avesse un vibratore premuto sul suo clitoride. I suoi addominali si flettevano, i suoi seni si sollevavano e tutti i suoi muscoli tremavano. Aveva le convulsioni ma non si muoveva mai, come se fosse un mimo che finge di essere legata da corde invisibili. Le sue braccia premute verso il basso mentre le sue cosce lottavano per aprirsi di più, stringersi insieme e rimanere perfettamente ferme tutto in una volta. Di minuto in minuto, le sue lotte diventavano più pronunciate. Le sue labbra inondate di sangue e il suo clitoride divenne chiaramente visibile tra di loro. Lei gemette liberamente, come una pornostar che recita la parte di una puttana affamata di cazzi. Richard si mosse per starle accanto, come il Principe Azzurro chinato su Biancaneve ma infinitamente più X-rated. Continuando a sussurrarle, si avvicinò alla sua bocca. I fianchi di Chloe si sollevarono in aria, diventando più frenetici man mano che Richard si avvicinava al suo bersaglio.

Poi Richard la baciò e la figa di Chloe esplose in un orgasmo. La sua clitoride sembrava sul punto di scoppiare e la sua vagina non avrebbe potuto contrarsi di più se avesse avuto un cazzo sepolto dentro di lei a cui aggrapparsi. Ho sentito la mia mascella cadere. Nient'altro che l'aria aveva toccato alcuna parte erogena di lei. Il mio stesso corpo ha risposto alla cruda furia dell'orgasmo di Chloe mentre continuava a venire e venire . Le labbra di Richard ancora premute contro le sue, la sua lingua chiaramente nella sua bocca, il suo orgasmo durò più di un minuto e mezzo.

Lo schermo è diventato nero.

"Come cazzo hai fatto?" chiesi a Richard. Sia lui che Cathy risero.

"Avresti dovuto vedere i tuoi occhi allargarsi," mi prese in giro Cathy, "Come ho detto, è un dannato mago."

Richard si strinse nelle spalle ma sembrava decisamente soddisfatto di sé. "Semplice. Le ho detto di venire e lei ha obbedito."

"Come dovrebbe essere un avvertimento?" Ho chiesto. "Nessuna donna sulla Terra potrebbe vederlo e non desiderare un assaggio. Fallo anche a me, per favore." Ho indicato lo schermo, "Prendo quello che sta mangiando lei".

"Okay, scherzi a parte, ci sono molti condizionamenti che rendono possibile un'ipnosi del genere." Cathy ha mormorato "Mago" alle spalle di Richard quando ha detto "ipnosi". "Non è controllo mentale, richiedeva che lei volesse sinceramente farmi entrare nella sua mente e obbedirmi. perché il video è così affascinante per te. Nemmeno Chloe."

"Ma," ho fatto cenno al telefono, "l'ho appena vista farlo."

"Sì e no. Sì, ha avuto un orgasmo senza stimolazione fisica. Ma no, non poteva darselo da sola. Non riusciva a pensare di essere oltre il limite, aveva bisogno che le parlassi. È venuta perché Gliel'ho detto io. Questo, Erika, è il tuo avvertimento." Il suo sorriso svanì e il suo sguardo mi trafisse, come se cercasse di forzare il suo messaggio dentro di me con il suo peso. "In un modo molto reale, le ho detto di fare qualcosa che era impossibile per lei da sola, ma lei mi ha obbedito comunque. Questo è quanto potere può esercitare un dominante su un sottomesso. Questo è quanto controllo potrei avere su di te Se questo non ti preoccupa, almeno un po', dovrebbe."

Cathy annuì, anche lei seria: "È vero. È lo stesso per me. Dopo un po', ti abitui così tanto a sottometterti e ad essere obbediente che la disobbedienza sembra visceralmente sbagliata. Ad esempio, anche solo l'idea. Sono anche molto sensibile a tutto dalla mia padrona. Penso che sia vero per tutti i sottomessi. Se il tuo Dom è arrabbiato con te, o l'inferno, anche solo leggermente deluso, ti rovina. Non riesco a mangiare, non riesco a dormire, non riesco a pensare a niente altrimenti. Farai un sacco di cose per evitare quella sensazione.

Questo si è fatto strada nella mia testa. Ero già dannatamente sensibile a Richard. Diavolo, avevo appena passato una settimana a ridurmi solo per cercare di soffocare la mia paura di sentirmi rifiutata da lui. Sentirei quella paura ancora più acutamente? Si espanderebbe per includere qualsiasi tipo di negatività da parte sua? Mi preoccupava. Non avrei mai voluto essere così emotivamente bisognoso, ma non ero già sulla buona strada?

Ma questo non ci ha dato abbastanza credito come coppia, giusto? A Richard importava di me. Si era sempre preoccupato per me come suo migliore amico e ora sapevo che gli sarebbe importato ancora di più come mio amante. Lo sentivo nel profondo di me stesso. Si preoccupava sinceramente di assicurarsi che fossi a mio agio e mi sentissi al sicuro.

"Mi fido di te," cercai di mettere quanto più sentimento possibile nelle parole, per rassicurarlo che lo intendevo davvero. Ho sempre fatto schifo nel trasmettere le mie emozioni, ma il suo sorriso di ritorno mi ha fatto capire che aveva capito. Ho incontrato i suoi occhi, cercando di trasmettere quanta più emozione possibile, ma mi sono sentito perdermi nei bellissimi motivi di blu, verde acqua e giallo che circondavano le sue pupille nere. Lui, d'altra parte, sembrava guardare oltre il mio aspetto esteriore, dentro di me. Volevo mostrarmi a lui, che mi vedesse. "Mi fido di te, ti voglio." Ho cercato di trasmettere i miei pensieri nella sua testa attraverso i nostri occhi. 'Mi fido di te. Voglio te. Io voglio tutto di te. Voglio farti felice. Voglio baciare-'

Il pensiero era appena iniziato quando all'improvviso non ci fu più spazio tra di noi. Le sue braccia intorno a me, il suo viso a pochi centimetri dal mio, sembrava torreggiare su di me nonostante fosse della stessa altezza. Ho respirato il suo calore e la sua vicinanza e ho sentito i miei occhi chiudersi da soli. 'Oh mio dio oh mio dio oh mio dio.' Per quanto romanticamente sdolcinato possa sembrare, quando le sue labbra toccarono le mie, le mie gambe quasi cedettero davvero. Tutto il mio corpo sembrò sospirare tutto in una volta e ebbi appena il tempo di registrare quanto fossero calde le sue labbra prima che la sua lingua fosse nella mia bocca. Si sentiva così caldo perché il gelato mi aveva raffreddato? Perché non aveva funzionato su di lui? Perché stavo pensando al gelato in un momento come questo? Ho spento la mia mente e mi sono premuto contro di lui. La mia lingua ha lottato con la sua e abbiamo ballato intorno alla mia bocca. Per quanto ci provassi, non riuscivo a guadagnare terreno nella sua bocca. Ci siamo alternati tra l'intrecciare le nostre lingue e lui inchiodare la mia. Mi ha tenuto vicino per farmi sentire desiderato, desiderato in un modo in cui avevo bisogno di sentirmi da lui per anni.

È stato perfetto. In retrospettiva, non posso dire se sia stato così perché il bacio è stato davvero così bello o perché è stato il nostro primo simbolico. A quel tempo, ho provato pura gioia esaltante. Beh, forse non in realtà gioia 'pura'. È stato diluito con un po' di lussuria. Va bene, forse molta lussuria. Stavo ansimando, bagnato in alcuni punti e duro come una roccia in altri quando finalmente ci siamo separati.

"Mi leggi nel pensiero," gli sussurrai, "Sei davvero un mago."

"Nessuna magia, semplice biologia babbana. Le tue pupille erano molto dilatate. Significa che sei eccitato."

"Wow, sembra che entrambi ne aveste bisogno." Mi ero dimenticato di Cathy!

"Scusa! Non volevamo trasformarti in una terza ruota."

"È bello, mi sono insinuato in molte sessioni di pomiciatura. Per quanto riguarda gli etero , è stato piuttosto eccitante . Vi do 8 su 10. Punti per la sete cruda, ma potrebbe essere migliorato con più brancolamenti e meno vestiti. "

'Meno vestiti! Ora c'è un'idea.' Mi resi conto che stavo palpando spudoratamente il petto di Richard lungo i bottoni della sua camicia. Cathy notò con un sorrisetto, " Detto questo , penso che ora andrò a casa. Ti troverò online, Erika. Sono sicura che ci rivedremo presto!" Potrebbe essere svanita all'improvviso come era apparsa. Non lo so, ero troppo occupato a sorridere come uno stupido a Richard.

"Andiamo a casa", dissi. Vedere il suo cenno del capo sembrava pura vittoria.

PARTE 4

45

Il mio minuscolo appartamento sembrava completamente diverso. Richard sedeva sulla mia comoda sedia da scrivania mentre io occupavo la dura sedia pieghevole solitamente riservata agli ospiti. Era semplicemente successo in quel modo. Come se fosse casa sua e io vivessi qui. Lancio uno sguardo imbarazzato in giro. I miei abiti da lavoro erano ancora ammucchiati dove li avevo buttati prima, il mio letto era sfatto contro la parete di fondo, i piatti erano ancora nel lavandino e la mia scrivania era in completo disordine. Richard ha notato che il disco rigido era ancora collegato al mio laptop e mi ha chiesto scherzosamente se ne avessi avuto qualche utilità di recente. Ho sentito il mio sangue salire. Potrebbe essere stato il colpo più sessuale che mi avesse mai dato.

Mi è piaciuto e dopo tutto l'accumulo ero stanco di aspettare. Quindi, gli ho raccontato tutto quello che avevo fatto prima di cena. Gli ho raccontato di come avevo fatto la stessa cosa ogni giorno per una settimana, allenandomi fino a stasera. Accesi il flirt erotico che avrei sempre voluto essere per lui, essendo il più provocatorio possibile descrivendo le mie dita che si attorcigliavano dentro di me mentre immaginavo tutte le cose che gli avrei fatto e lui avrebbe fatto a me. Come lo succhiavo tutto fino alle palle finché non mi diventava duro in gola. Come ero stata così bagnata per ore che lui scivolava dentro di me all'istante senza nessun preliminare. Come avrei voluto che si fosse spinto dentro di me, forte e veloce, picchiandomi abbastanza forte da far tremare il letto.

Ascoltò, educatamente attento come sempre, disinvolto come se stessimo parlando di dove pranzare. "E dici che sei pessimo nell'esprimerti," commentò ironicamente. La sua postura passò leggermente da casualmente rilassata a più concentrata e intensa. "È questo che vuoi, eh? 'Soffocarmi con il mio cazzo e farmi scopare a pezzi', come hai detto così eloquentemente?" Deglutii e annuii, le mie parole suonavano molto più sporche dalla sua bocca. "Bene, ci arriveremo abbastanza presto. Prima, però, dobbiamo parlare delle due leggi."

"Solo due regole?"

"Oh no, avrai un sacco di regole di cui tenere traccia. Queste sono diverse, si chiamano leggi per un motivo. Quando arrivi al punto, le regole sono solo una parte del gioco. Se disobbedisci alle regole, ricevi una punizione sexy e il gioco va avanti.Le leggi, invece, devono essere sempre rispettate da entrambi.

"La prima legge è per le parole sicure. Rossa e Gialla. Dì 'Rosso' in qualsiasi momento e tutto si fermerà. Dì 'Giallo' e rallenteremo. Le parole sicure esistono per tenerci entrambi al sicuro e per aiutarci entrambi a sentirci a nostro agio. Puoi usarli in qualsiasi momento, per qualsiasi motivo. Parleremo di come ti senti e di come aiutarti a sentirti meglio. Non c'è mai vergogna nell'usare una parola di sicurezza". La sua attenzione ha aggiunto un vantaggio alle sue parole: "Non mostra mancanza di fiducia o volontà di sottomettersi o qualcosa del genere. Non dovresti mai sentirti sotto pressione per non usarli. Se qualcuno cerca di dirti diversamente, digli di scopare loro stessi.

ti mentirò mai e mi aspetto che tu sia sempre onesto con me. Se, per esempio, ti sto sculacciando e ti controllo, mi aspetto che tu sia onesto. Se stai soffrendo molto e non ne puoi più, mi aspetto che tu me lo dica e non menti perché pensi che sia quello che voglio sentire Allo stesso modo, se pensi di aver fatto un casino e ti dico che è ok e non sono arrabbiato, dovresti crederci e non indovinarlo.

"Fondamentalmente, le due leggi riguardano la comunicazione aperta e onesta. È importante per tutte le coppie, ma è particolarmente critica per il BDSM. Lo scambio di potere è già abbastanza complicato senza dover affrontare cose basilari come queste".

"Rosso e giallo. Facile da ricordare. Capisco. Ma questo non significa che potrei semplicemente lamentarmi per evitare di essere legato o sculacciato?" Questo trasformò il suo sorriso da serio a lupesco.

"Potrebbe essere una preoccupazione per alcune persone, ma non per te. Non sai come fare qualcosa a metà. Fa parte di ciò che ti rende così attraente per me. Non sono preoccupato che tu dia meno del 100 percento, Sono preoccupato per te che provi a spingerti al 130 percento e ti fai male".

"Abbastanza giusto," annuii.

Si sedette lentamente, sembrando in qualche modo guadagnare più altezza di quanto avrebbe dovuto. Sembrava un predatore che guarda dall'alto in basso una preda molto gustosa. Mi ha fatto sentire contemporaneamente più piccolo ma desiderato. "Hai avuto il controllo di te stessa per tutta la vita. Come passi il tuo tempo, come ti muovi, chi insegui, come fai sesso... Sei vergine in questo nuovo mondo, Erika. Una donna molto arrapata e vergine volenterosa". Il suo sorriso feroce si allargò, come se fossi una succulenta bistecca profumata, "Quindi ora... sei pronto a rinunciare a un po' di controllo?"

Non ero mai stato più pronto!

Deludentemente, non mi ha spinto a terra e mi ha fottuto. Invece, mi ha ordinato di stare con le spalle al muro. Quello e niente di più. Si sedette, i suoi occhi vagavano su di me mentre io mi agitavo. Sembrava uno che in un museo si prendesse il suo tempo per apprezzare la pittura di un maestro. Non focalizzandosi su nessuna parte di me in particolare, sembrava che mi stesse catturando tutto in una volta. Immaginavo di poter sentire il suo sguardo come una leggerissima sensazione fisica giocare sulla mia pelle. Mi ha fatto sentire molto esposto, nonostante fossi ancora completamente vestito.

"Sai perché ti trovo attraente?" Chiese. Sono rimasto sorpreso dalla repentinità e dalla domanda stessa. Fino a poche ore fa, ero sicuro che non fosse affatto interessato a me.

"No... ehm..." Ho capito che avrei dovuto assegnargli un titolo onorifico, ma non sapevo cosa usare, quindi ho preferito "—Maestro". Questo ha guadagnato una risatina da lui.

"Preferisco 'Signore', ma mi piace dove si trova la tua testa."

"Oh. Posso chiedere perché?"

"Puoi sempre chiedere 'perché'. Di solito, rispondo anche io. Maestro implica un livello di... beh, padronanza, che non sento di possedere. In realtà è parte del motivo per cui non mi piace quel soprannome di 'Mago' così tanto. Entrambi sembrano trasmettere un senso di infallibilità che non sono io."

"Oh. Va bene, signore. No, non lo so."

"Sei forte, determinato, molto intelligente", si alzò e venne verso di me, "e possiedi un senso di sé che è interamente tuo. Cerchi e fai ciò che ti rende felice semplicemente perché ti rende felice, aspettative di gli altri siano dannati. Ammiro quel coraggio in te. Il mio viso si accese alle sue lodi e mi gonfiai d'orgoglio. È stato fantastico essere riconosciuto così da lui!

Tuttavia, ero curioso, "ma quelli non sono davvero tratti molto sottomessi, signore?"

"Al contrario, questi sono i tratti più attraenti che un sottomesso possa avere. Chiunque può dominare qualcuno debole. Può essere divertente, ma non c'è niente di speciale. Qualcuno debole ha poco potere di arrendersi al dominante." Mi accarezzò leggermente la guancia, i suoi polpastrelli mi mandarono i brividi in tutta la testa,

"Ma quando qualcuno di forte sceglie di cedere il proprio potere a un dominante... beh, ora, è qualcosa di completamente diverso." La sua mano serpeggiò dietro la mia testa, afferrandomi i capelli con fermezza ma senza disagio. Ho scoperto che non potevo muovermi, non potevo girarmi dall'altra parte se avessi voluto. Non volevo, mi appoggiai alla sua mano desiderando sentire di più.

"Hai così tanto potere dentro di te, Erika," sussurrò, il suo viso a poco più di un centimetro dal mio. "Sentirlo è molto inebriante per me." Inspirò profondamente, come un intenditore che annusa un buon vino. Le sue labbra consumavano la mia vista, così vicine alle mie. Volevo sentirli di nuovo, ma la sua presa sui capelli proprio dietro la mia testa mi teneva fermamente al suo posto. Cercai di sporgermi in avanti, il mio desiderio combatté brevemente contro la sua presa su di me, prima di arrendermi e lasciarmi riposare di nuovo contro la sua mano. Non mi ero mai sentito così controllato prima in vita mia. I suoi occhi bruciavano dentro di me e il mio respiro era corto. Mi chiedevo se le mie pupille si stessero dilatando di nuovo.

Poi Richard mi ha lasciato e ha fatto un passo indietro. "Togliti la parte superiore e il reggiseno", ha detto. Casualmente, come se avesse chiesto che ore fossero.

Qualcosa in questo mi fece arrossire di nuovo. Volevo questo. Volevo sentire di più e andare molto più lontano. Ma, in qualche modo, in realtà fare il primo passo e scoprire i miei seni a lui mi ha fatto sentire molto nervoso. Tormenti di incertezza sul mio corpo si insinuarono negli angoli della mia mente. E se gli sembrassi troppo un maschiaccio? Le mie mani non scattarono in azione per obbedire automaticamente al suo comando. Sarebbe stato troppo facile. Invece, armeggiavano dietro di me con la fibbia come un liceale verginale che cerca di raggiungere la seconda base. Alla fine si è slacciato e ho gettato il reggiseno di lato. Ironia della sorte, è atterrato proprio accanto al mio letto sopra i miei vestiti scartati da ore fa.

Amo le mie tette. Li adoro da morire. Amo come si sentono nelle mie mani, amo il piacere che mi danno, amo la sensazione di libertà quando vengono liberati dopo una lunga giornata in reggiseno. E, proprio in quel momento, ho adorato l'effetto che hanno avuto su Richard. I suoi occhi erano incollati su di loro e annuì leggermente in segno di apprezzamento. Forse l'avevo immaginato, ma potrei giurare che c'era un rigonfiamento che cresceva nei suoi pantaloni.

"Intreccia le dita dietro la testa e inarca leggermente la schiena." Ho rapidamente obbedito, alzando le braccia e spingendo il petto in fuori, rendendo le mie tette il più prominenti possibile. Ancora una volta, i suoi polpastrelli hanno tracciato la mia pelle, questa volta sui miei addominali. "Stai fermo."

«Sì, signore», promisi. Scivolò sui miei addominali lisci e duri, abbastanza leggermente da inviarmi piccoli viticci di piacere attraverso di me al suo tocco. I brividi mi corsero verso l'alto mentre saliva, centimetro dopo centimetro verso l'alto sopra il mio stomaco. Mi ha preso in giro, andando agonizzantemente lentamente, sentendo la mia pelle nuda dappertutto tranne i punti che volevo. I miei capezzoli diventavano più duri e più pronunciati ad ogni battito del cuore. Chiedevano attenzioni, per essere strofinate, pizzicate e soddisfatte. Tuttavia, con mio sgomento, le saltò sopra e si concentrò invece sulle mie braccia e sulle mie spalle.

"Hai tricipiti e spalle eccellenti", si complimentò con ammirazione. Questo ha quasi compensato tutte le prese in giro. C'è un gruppo selezionato di cose su cui le ragazze sono abituate a ricevere complimenti dagli uomini, e quei muscoli non sono nella lista. Gli piaceva il mio corpo per quello che era!

"Grazie, signore! Sono anni di basket e sudore in palestra."

Alla fine, in un unico movimento, mi prese entrambi i seni. Si espansero nelle sue mani forti e salde mentre inspiravo, facendomi ansimare di piacere.

"Sono molto sensibili?" chiese, notando la mia reazione.

"Di solito non così tanto," avevo grandi difficoltà a tenermi fermo ea non spingermi contro di lui. Strinse leggermente, chiaramente godendomi di accarezzarmi tanto quanto me. Chiusi gli occhi e bevvi le sensazioni. Il mio petto si illuminò di piacere mentre mi presentavo a Richard per giocare come desiderava. Mi sentivo bene.

I miei capezzoli sono esplosi. I miei occhi si spalancarono e mi piegai in due, emettendo uno strano gemito lamentoso. Richard aveva tra le dita i miei boccioli molto stuzzicati e non li faceva rotolare troppo delicatamente.

"Stai fermo", mi ha ricordato. Ho annuito, ma è stato molto difficile. Il piacere mi pervase, condito da un po' di dolore quando lui strinse. Ogni impulso di sensazione ha inviato una scossa al mio clitoride. Mi sentivo come il suo giocattolo. Come se il mio corpo esistesse per il suo divertimento e la mia coscienza esistesse per aggiungere al suo divertimento. Ha pizzicato e spremuto, divertendosi a vedermi alternare sospiri di piacere e guaiti spaventati.

"Piacere o dolore?" chiese.

"Entrambi," ansimai, "è molto intenso." Sorrise ampiamente e li liberò, massaggiandomi i seni mentre concedeva ai capezzoli il tempo di riprendersi. Semmai, questo è stato ancora più intenso di prima. Potenti sensazioni di formicolio concentrarono tutta la mia concentrazione su due punti sensibili mentre il sangue tornava a riversarsi in essi.

"Il tuo viso è meravigliosamente espressivo. Molto genuino. Ora togliti il resto dei vestiti."

Questa volta ho obbedito senza esitazione. I miei jeans e mutandine erano sia sui fianchi che sulle gambe prima che registrassi completamente quello che aveva detto. Ero così bagnato, così pronto per un vero piacere, non vedevo l'ora di portare fuori la mia figa per giocare. Ho incontrato un leggero ostacolo intorno ai miei polpacci. Scherzi a parte, chiunque abbia disegnato jeans da donna non aveva in mente una rapida rimozione, soprattutto non dalle gambe atletiche. Alla fine, completamente nudo, mi trovai davanti a Richard.

Mi aspettavo che mi prendesse in giro ancora di più, invece mi ha subito accarezzato il cespuglio.

"Radetevi questo prima del nostro prossimo incontro."

Ok, forse questo era in realtà più stuzzicante. Ha a malapena dato alla mia figa alcuna pressione o contatto, semplicemente carezze morbide e tirandomi i capelli. È stato molto fonte di distrazione. "Pensavo che ti piacesse un po' di pelo sulla figa," dissi.

"Sì, e questo è abbastanza carino. Tuttavia, imparerò il tuo corpo e come risponde, quindi avere una visione chiara del tuo sesso sarà molto utile. Inoltre, apprezzi molto il tuo cespuglio, quindi rasalo per me sarà un ricordo quotidiano della tua sottomissione."

Deglutii: "Sì, signore". «Deve sentire quanto sono bagnata. Dai, fottimi!' Cercai di spingere in avanti i fianchi in modo poco appariscente, solo un po', ma lui aggiustò la mano prima che potessi entrare in contatto.

Richard si sedette di nuovo e mi fece cenno di andare avanti. "Inginocchiarsi." Ero molto grato di aver posato un tappeto. Le mie risposte stavano arrivando più velocemente, con meno pensieri da parte mia. Stabilirsi sotto il suo controllo era bello. Non dovevo pensare molto, solo sentire e divertirmi. "Le ginocchia si allargano un po' di più, incrocia le braccia dietro la schiena. Afferra gli avambracci più in alto che puoi." Mi ha guidato nella posizione che voleva, le tette in fuori e le gambe divaricate, dicendo che si chiamava "Posa esposta".

Esposto è giusto. Porca troia, questo è intenso. Richard torreggiava su di me come una statua. Sono arrivato solo fino al terzo bottone della sua cintura. Ancora completamente vestito con il suo abito pulito e fresco, Richard abbassò lo sguardo sulla mia completa nudità. La differenza di altezza mi sembrava decisamente nuova e strana. Siamo sempre stati di altezze simili, ero abituato a vederlo al mio livello. Ora, potrebbe anche essere stato Zeus seduto in cima all'Olimpo. Inoltre, la posa stessa è stata più faticosa di quanto avrei pensato. Le mie ginocchia affondarono con forza nel tappeto e le mie spalle non erano contente di quanto gli veniva chiesto di allungarsi.

Ho cercato di dare un senso a tutto ciò che stavo provando, ma ho rinunciato. Dire che mi sentivo esposta o vulnerabile non bastava. Ero inginocchiata sul pavimento ai piedi del mio migliore amico perché me l'aveva detto lui. Ma soprattutto, ero qui perché volevo esserlo. Volevo obbedirgli, ed esprimerlo così apertamente mi faceva sentire più nudo di quanto la semplice mancanza di vestiti potesse spiegare.

Ma no. "Vulnerabile" implica una sorta di minaccia percepita, non è vero? Non era giusto. Mi sentivo completamente al sicuro, tenuto saldamente in controllo. Era quasi liberatorio sentirsi così spensierato. Sembrava molto... aperto. Come se il mio io interiore fosse in mostra insieme al mio corpo.

"Sei bellissima," mi disse, guardandomi con apprezzamento. Improvvisamente mi colpì il fatto che inginocchiarmi mi avvicinasse molto di più al rigonfiamento dei suoi pantaloni. Il rigonfiamento molto distintamente a forma di gallo appena sotto la fibbia della cintura. Mi leccai le labbra, affamato. Due dita sotto il mio mento riportarono la mia attenzione sul suo viso. "Fai piacere a te stesso."

"Che cosa?"

"Mi avete sentito."

Le mie braccia si contrassero dietro di me. "Tipo... Masturbarsi? Signore?"

"Infatti."

Sì, tutto quello che ho detto prima sul sentirsi nudi? Dimentica tutto questo, QUESTO è ciò per cui avrei dovuto salvare quelle descrizioni. Le mie dita scivolavano tra le mie labbra più facilmente di un pattinatore su una pista di pattinaggio. Quella prima lunga, dura scivolata sul mio clitoride sembrò scioccare il mio sistema, portandomi dal sentirmi preso in giro al pieno pronto a scopare! Pensavo che sarei venuto sul posto.

Si spostò dal mio mento per accarezzarmi la guancia, giocando dolcemente con qualche ciocca di capelli.

"Hai bisogno del mio permesso prima di poter raggiungere l'orgasmo, tesoro mio." Gemetti di piacere, i suoni bagnati del mio schiocco riempirono la stanza. "Sei mio adesso. La tua sessualità è mia con cui giocare. Decido io quando vieni... se vieni." È completamente ingiusto come sentirmi dire che non ho il controllo sui miei orgasmi mi ecciti così tanto e mi faccia venir voglia di venire ADESSO! L'ho sentito ribollire dentro di me, la pressione, aumentare il bisogno di liberazione. Era tutto troppo, travolgente, inginocchiarmi con la mia figa spalancata, fottendomi per il suo capriccio.

Osservò attentamente, prestando molta attenzione alle mie dita, notando come favorivo il mio clitoride e passavo alla penetrazione quando mi sentivo vicino a venire. Mentre stavo iniziando ad adattarmi a ciò che stava accadendo, ha aggiunto ancora un altro livello.

"Continua a guardarmi negli occhi, non guardare in basso." Perché dovrei guardare in basso? La sua espressione che mi guardava era bellissima. La sua emozione scritta lì mi ha fatto sentire così speciale. Il suo sorriso giocoso e consapevole era tornato, però. Quel dannato sorriso che significava sempre che lui sapeva qualcosa che io non sapevo.

Ho sentito una cerniera. 'Oh mio Dio, è così? L'ha appena fatto?' Senza guardare, sapevo istintivamente che il suo pene era libero ea pochi centimetri da me. Uno sguardo in basso e finalmente l'avrei visto. Il cazzo di Richard... quante notti mi ero addormentato sognando di essere fottuto da esso? Quante lezioni avevo sognato ad occhi aperti immaginandolo nudo? Ora era proprio lì! Ma non potevo guardarlo. Era così difficile obbedire, continuavo ad abbassare involontariamente la testa e avevo bisogno di forzarla per rialzarla.

Certo, è solo peggiorato quando ho capito che si stava accarezzando. Il calore tra le mie gambe è andato in overdrive e ho stretto le dita.

"Per favore," piagnucolai, "è così difficile, per favore posso guardare?"

"Mi piace guardarti lottare. Vederti scegliere l'obbedienza rispetto ai tuoi desideri è molto eccitante. Stai andando bene." Sembrava orgoglioso. Fiero di me! Volevo essere forte per lui, ma i miei ormoni erano tutti contro di me. Lo desideravo troppo da troppo tempo, era una tortura da sopportare. A pochi centimetri di distanza e avrei sentito la sua dura levigatezza... mi mancava la sensazione di prima, la libertà che avevo provato senza dover lottare e prendere decisioni.

Così, invece del suo cazzo, ho cercato a tentoni l'altra mano e l'ho portata alla mia testa. Capì senza parole, afferrandomi ancora una volta i capelli appena dietro la testa e tenendomi fermamente in posizione. Ho subito sentito un peso sollevarmi di dosso. Non avevo più bisogno di controllarmi o preoccuparmi di poter obbedire. Mi rannicchiai dolcemente contro il suo braccio, godendomi la sensazione della sua pelle calda contro la mia guancia e la forza autoritaria della sua presa.

Mi sono sentito connesso a lui. Sembrava essersi formato un legame tra noi, più forte della presa fisica che aveva su di me. Come dargli la mia forza e i miei problemi e lui che era forte per me ci aveva avvicinato. Sembrava molto intimo e molto, molto sessuale. Stavo passando più tempo fuori dal mio clitoride che su di esso per evitare di ribaltarmi. Voglio venire. Ogni cellula del mio corpo voleva venire! Ma potevo anche sentire quanto i miei continui ritiri dal mio clitoride, lontano dal venire, eccitassero Richard. Sarei obbediente per lui! È stato difficile, ma ho continuato a muovermi, traendo la mia soddisfazione dal suo respiro accelerato e dall'arazzo di piacere facciale.

Non sono sicuro per quanto tempo siamo rimasti a guardarci intimamente l'un l'altro. Il tempo sembrava un po' amorfo, come se esistessimo insieme in una bolla dove nient'altro contava. Un battito cardiaco dopo l'altro, un cerchio sul mio clitoride palpitante e ipersensibile e un lieve gemito contro il suo braccio, che continua a girare in cerchio.

"Come ti senti?" alla fine ha fatto il check-in.

"Un po' sopraffatto, signore. Ma in senso buono!"

"Bene. È ora di andare oltre i preliminari." Rimasi senza fiato quando lo sentii abbassarmi la testa, "puoi sembrare quanto vuoi adesso. Se non sei troppo vicino, cioè." Stavo cadendo direttamente nel suo grembo!

È difficile dire se stesse guidando la mia bocca verso il suo cazzo o se mi stesse trattenendo dal colpire la mia testa contro il suo inguine. Mi balenò appena davanti alla vista prima che me lo facessi inghiottire tra le labbra. Ogni centimetro della sua virilità che passava dentro di me sembrava riempirmi di vertigini, come se avessi appena scoperto il più grande giocattolo di tutti i tempi. Ero determinato a sentirne il più possibile, esplorare ogni più piccola parte di lui con la mia lingua. Il suo sapore mi pervase, combinato con il suo profumo e la sua pulsante eccitazione, venendomi incontro tutto in una volta. Muschio, pelle morbida che copre il desiderio duro come una roccia, con un pizzico di precum dal sapore salato. Lentamente, mi tirai indietro, muovendo la lingua da una parte all'altra della sua parte inferiore. "Dovrebbe essere qui, proprio sotto la testa..." gemette, forte e lungo, quando colpii il punto giusto.

Mi sentivo intensamente soddisfatto di poter far uscire da lui quel suono da uomo sexy, proprio oltre il suo autocontrollo dominante, ma avevo poco tempo per congratularmi con me stesso. La sua salda presa sui miei capelli mi spinse di nuovo verso il basso, lentamente sempre più in profondità.

"Dimmi quando è troppo."

Adoro fare pompini. Amo tutto del sesso orale, ma la gola profonda non è mai stata il mio forte. C'erano ancora due pollici buoni di cazzo oltre le mie labbra quando la sua testa colpì la parte posteriore della mia gola e la sua mano guida smise di premere in avanti. Volevo di più, ho cercato di ottenere di più, ma la mia dannata gola semplicemente non ne aveva. Ho imbavagliato forte e sono stato costretto a fare marcia indietro.

Non mi ha dato il tempo di sentirmi deluso. "È stato fantastico," mi sorrise, "Questa volta assaggerai il mio sperma."

Mi ha guidato in un ritmo costante. Su e giù, la sua mano sulla mia testa, fermandosi ad ogni rialzo per lasciarmi leccare il suo punto debole prima di portarmi giù di nuovo. Sembrava davvero una guida e non una forza. Come se fossi io a fargli il pompino piuttosto che lui a prenderlo da me, se ha senso. Mi stava semplicemente mostrando come gli piaceva di più. Tuttavia, l'esperienza mi ha fatto sentire profondamente sottomesso. Inginocchiato davanti a lui come se fosse il mio re, adorandolo ignorando quanto questo stesse bagnando la mia figa già palpitante.

Ero in paradiso. Ho canticchiato in gola per far vibrare il suo cazzo, guadagnandomi un altro gratificante gemito di piacere da parte sua. L'ho succhiato forte e sciatto, mantenendo la mia lingua costantemente in movimento mentre il suo piacere aumentava. Flussi costanti di salsedine accompagnavano palpiti più veloci che riempivano la mascella mentre lo succhiavo. Feci del mio meglio per mantenere il contatto visivo, alzando lo sguardo e cercando di comunicare con la mia espressione quanto amassi il suo cazzo mantenendo la concentrazione dentro di me. È stato davvero un sacco di lavoro! In alto —leccate velocemente sotto la sua testa. Scivola giù - fai scorrere la mia lingua su tutta la sua asta. Giù alla base—canticchia profondamente, sorridi senza rilasciare il sigillo. Scivola indietro—succhia più forte che posso per dargli pressione sulla testa. Ancora e ancora mentre mi guidava su e giù, accelerandomi dolcemente mentre si avvicinava. Mi sono ritrovato a desiderare che ci fosse una specie di mascella in palestra. La mia lingua bruciava e mi mancava l'aria.

Il piacere, sempre più incontrollato, fluì liberamente attraverso il suo viso finché alla fine mi tenne ferma e convulsa potentemente.

Rivoli di sperma caldo mi riempirono, coprendomi la parte posteriore della gola e dentro le mie guance mentre cercavo freneticamente di deglutire e continuare a leccarlo allo stesso tempo. Sembrava un flusso infinito, getto dopo getto schizzato fuori da lui, travolgendo rapidamente i miei sforzi per tenere il passo. Stavo per versarne un po' quando alla fine ha rallentato e, con un gemito pesante, è scivolato all'indietro e fuori di me.

Ho assaporato il resto del suo sperma nella mia bocca. Non mi piace molto il sapore e la consistenza dello sperma. Ammettiamolo, chi lo fa? Ma sentirlo lì, vedere il sorriso soddisfatto sul suo viso e ricordare la sensazione di lui che tremava e pulsava mentre me lo dava... era come un trofeo. L'avevo fatto sentire così fantastico! Il mio corpo lo aveva eccitato così tanto che aveva bisogno che gli succhiassero il cazzo, e gli piaceva così tanto la mia testa che mi aveva riempito la bocca di sperma . Mi ha fatto brillare di orgoglio.

Allo stesso tempo, una piccola ombra di delusione è cresciuta in fondo alla mia mente, collegata direttamente alla mia fica gocciolante e dolorosamente vuota. Con Richard esausto, stasera non mi farei scopare . Ho provato a dirmi che era stupido e avido da parte mia sentirmi deluso. Avrei dovuto pensare ai suoi bisogni prima dei miei. Questo era ciò per cui mi ero iscritto. In effetti, quello per cui l'avevo praticamente implorato. Lo sapevo, ma comunque, dopo aver condiviso un'esperienza così intimamente erotica con lui, non credo di essermi mai sentito così eccitato in vita mia. Volevo venire, dannazione! È stato fottutamente difficile accettare di lasciarlo andare.

"Sei abbastanza bravo in questo," Richard si era ripreso e mi stava tendendo una mano, "vieni, le tue ginocchia ti stanno uccidendo." Lo erano, anche se fino ad allora non me ne ero accorto. Ero stato troppo distratto da troppe altre cose.

Prima che potessi stiracchiarmi correttamente, però, mi ritrovai completamente sollevato da terra, avvolto tra le braccia di Richard. "Mi hai reso molto felice oggi," mi sussurrò all'orecchio, "ti meriti una ricompensa." Il mio cuore perse un battito mentre mi portava a breve distanza dal mio letto. Senza peso tra le sue braccia, mi sentivo ipnotizzato dai suoi occhi senza fondo così vicini. Non era davvero giusto, il modo in cui poteva premere un interruttore e sopraffare le mie emozioni in questo modo.

Mi stese con dei cuscini che mi sostenevano comodamente la testa. Ancora una volta sopra di me, giocherellava lentamente con i miei capelli tra le dita. Nonostante fossi ancora nudo e lui fosse ancora completamente vestito, non mi sentivo così nudo . Sembrava più... intimo? Comodo? Naturale? Non lo so. Avevo problemi a pensare in modo chiaro, il mio mondo si stava contraendo in piccoli punti. Le macchie sul mio viso dove le sue dita mi sfioravano, la sensazione mentre giocava con la mia frangia, il punto sul mio collo dove mi baciava, la seta sotto le mie mani dove gli strofinavo il petto e il bisogno sempre presente dentro di me che diventava più urgente di minuto in minuto.

Le sue dita percorsero il mio corpo mentre si posizionava comodamente tra le mie gambe. Ho fatto una doppia ripresa. Tra le mie gambe! Era pronto come se stesse per mangiarmi!

Rise e potevo sentire il suo respiro sulle cosce, "Sorpreso?"

"Ehm, sì, signore." Mi strofinò le cosce, allargandomi lentamente le gambe il più possibile e inviandomi scariche di piacere direttamente nel profondo. "Non è—*geme*—quello che mi aspettavo."

"La gente sembra pensare che il cunnilingus non sia virile o dominante. Niente potrebbe essere più lontano dalla verità. Se tu fossi un burattino, i tuoi fili sarebbero proprio qui. Con una leggera spinta—" mi premette un dito direttamente tra le labbra, estraendolo attraverso la mia fessura e direttamente sopra il mio clitoride. Tutto il mio corpo sobbalzò come se fossi stato colpito da un fulmine e lanciai un grido di sorpresa e piacere "—Posso suscitare in te le reazioni più adorabili. Ci sono pochissime posizioni in cui posso esercitare un controllo più diretto sul tuo corpo ."

Lui aveva ragione. Mi contorcevo e gemevo mentre mi suonava come uno strumento musicale. Stuzzicandomi le labbra con lunghe spazzole tra i miei peli pubici per farmi rabbrividire e spingere i fianchi. Accarezzando le mie cosce con delicate strette appena sotto la mia figa per farmi tremare e palpitare. Facendomi strillare e inarcare la schiena con un bacio veloce direttamente sul mio clitoride. Li ha lavorati dentro con lunghe e lente leccate fino in fondo e attraverso di me, coprendo ogni centimetro della mia fica sensibile con la sua lingua.

Era come un ricercatore che mappava come reagivo agli stimoli, testando e sperimentando diversi livelli e combinazioni di pressione. Mi faceva indovinare e il mio livello di orgasmo saliva e scendeva come una macchina ECG. Qualsiasi pressione costante sul mio clitoride mi ha portato al limite in pochi secondi e lo ha messo in coda per ritirarsi dalla presa in giro. Mi stava facendo impazzire! Ero in fiamme dal bisogno, da tempo oltre il punto di coerenza. Mi sentivo così bene. Tutto ciò che riguardava le montagne russe della stimolazione sembrava così incredibilmente bello, non volevo che finisse. Volevo esplodere. Per sborrarmi il cervello attraverso la fica su tutta la sua faccia. Ma volevo anche che continuasse per sempre. Non ho mai voluto che il piacere finisse.

Richard sembrava felice tra le mie gambe, osservandomi da vicino per le mie reazioni. Sempre così caloroso e premuroso con me... anche se usava quell'attenzione per prendermi in giro, mi faceva sentire speciale. Ricercato. Amato.

Tutto in una volta, mi sono sentito pieno. La carne calda e soda di almeno due dita è entrata nella mia figa e ha sbranato direttamente contro il mio punto g. Non sono mai venuto dalla penetrazione prima, ma pensavo davvero che stavo per farlo. Senza rendermene conto, stavo mettendo a dura prova l'insonorizzazione dell'appartamento e strappando le lenzuola dal letto. Mi spinsi forte per incontrare le sue dita, volendo sentirle il più profondamente possibile dentro di me, volendo attrarre quanto più possibile di lui dentro di me. Mi ha premuto con fermezza, sopraffandomi facilmente con la sua forza.

Richard incontrò i miei occhi e lentamente, deliberatamente, abbassò la bocca. "Sborra più e più forte che puoi", mi disse direttamente tra le mie gambe. Poi il mio clitoride veniva risucchiato con forza nella sua bocca. Mi ha succhiato in profondità e mi ha leccato con forza, ogni minuscolo urto della sua lingua inviava una vibrazione di piacere direttamente al mio cuore. Non sono durato più di tre secondi. Sono venuto. Difficile. Era come se una bomba fosse esplosa dentro di me ed esplodesse ancora e ancora ad ogni contrazione. Onde di pura estasi esplosero attraverso di me, riempiendo ogni centimetro di me dalle dita dei piedi al cervello fino al profondo della mia mente.

Andavo e venivo e venivo, stringendo così forte le sue dita ancora spinte che mi parve di sentire le sue impronte digitali. Il mio clitoride pulsava così forte nella sua bocca che pensai che lo stesse ingoiando. Non ha mai smesso di martellare, costringendo un altro orgasmo subito dopo il primo. Mi sentivo sciogliere, la mia mente diventava leggermente confusa e la mia vista si annebbiava ai bordi.

Lentamente, con diverse scosse di assestamento e ricadute, l'incendio si è spento. Tutto sembrava leggermente confuso mentre tornavo in me, quasi come se avessi bevuto qualche bicchierino di superalcolico. Mi sono reso conto che avevo quasi schiacciato la testa di Richard tra le mie cosce. Non mi ero nemmeno accorta di averle chiuse! Inoltre, potrei essermi un po' ammaccato il seno. Ancora una volta, non mi ero nemmeno reso conto che li stavo spremendo.

"Wow... è stato fottutamente fantastico."

PARTE 5

65

Poco tempo dopo, ci siamo messi insieme sotto le coperte. Il ritmo costante del suo respiro mentre dormiva era calmante, mi faceva venire sonnolenza ma ancora non volevo dormire.

Avevamo parlato di tutto quello che era successo, pressandoci l'un l'altro per dettagli su come si era sentito l'altro. Ero particolarmente interessato a sentire quanto potente si fosse sentito Richard mentre dirigeva la mia striscia lenta. Apparentemente, il tocco era una potente forma di controllo, e avere carta bianca per toccarmi mentre mi trattenevo rendeva la dinamica Dom/sub più reale. È stato molto interessante ascoltare la sua prospettiva, ma ancora di più è stato meraviglioso condividere il letto con lui.

Finalmente si era tolto il vestito! Il suo petto nudo premeva contro la mia schiena e le sue gambe nude si intrecciavano alle mie. Sono sempre stato un vero fanatico delle coccole. Il contatto pelle a pelle fa cose potenti alle mie emozioni.

Finalmente sentendomi sazio, mi sentivo come se dovessi essere più analitico. Avevo davvero fatto tutte quelle cose? Era stato così facile scivolare nel ruolo, così naturale seguire il flusso. Una voce nella parte posteriore della mia testa ha ripetuto le parole di Cathy sull'obbedienza. Cosa potrei trovarmi a fare? Forse allora avrebbe dovuto preoccuparmi, ma non lo fece. Mi sentivo troppo bene per preoccuparmi di qualcosa.

Mi sono addormentato tenendo la mano di Richard stretta al mio petto. 'Mio!'

FINE

67